Published by Mantra Lingua
5, Alexandra Grove, London N12 8NU
www.mantralingua.com

Floppy ve tmě

Floppy in the Dark

Guido Van Genechten

Czech translation by Milada Sal

mantra

Léto bylo tak horké, že sladká mrkvová zmrzlina se rozpouštěla ještě před prvním líznutím. Během dne se zajíčci ochlazovali ve vodě a v noci spali venku ve stanu.
Floppy chtěl také spát venku.

The Summer was so hot that the sweet carrot ices melted before the first lick. During the day the rabbits cooled down in the water and at night they slept outside, in tents.
Floppy wanted to sleep outside too.

"Nebudeš se sám venku bát?" zeptal se tatínek.
"Nebudu," řekl Floppy statečně.

"Won't you be scared all alone?"
asked dad.
"I won't be scared," said Floppy bravely.

Three strong branches and one old blanket was all it took to
make a tent. Putting it up wasn't easy but Floppy knew how.
"Won't you be scared all alone?" asked mum.
"I won't be scared," said Floppy bravely.

Tři silné větve a jedna stará deka jim stačily na to, aby vyrobili stan.
Postavit ho nebylo jednoduché, ale Floppy věděl jak na to.
"Nebudeš se sám venku bát?" zeptala se maminka.
"Nebudu," řekl Floppy statečně.

Soon it was time for bed.
Mum gave Floppy a torch and LOTS of kisses.

Brzy nastal čas jít spát.
Maminka dala Floppymu baterku a
SPOUSTU pusinek.

Čas něco zakousnout, pomyslel si Floppy. Sladká mrkvička chutnala ve stanu jinak. Měla chuť dobrodružství a prázdnin.

Time for a snack thought Floppy. The sweet carrot tasted different in a tent. It tasted of adventure and holidays.

Floppy si oblékl svůj hrdinský plášť.
Teď už ho nikdo nepřemůže.

Floppy put on his hero's cape.
Nobody could beat him now.

Floppy si posvítil baterkou za polštáře,
pod deku, skrz svoji tlapku a dokonce
i do své tlamičky.

Floppy shone his torch behind the pillow, under the
blanket, through his paw and even into his mouth.

Pomocí světla a stínů vytvářel
zvířátka a příšery na stěně stanu.
A pak najednou...

He made shadow animals and snapping monsters.
Then suddenly...

TMA!
Baterka se vysvítila a ve stanu už to nebylo
stejné jako předtím.
Všechno bylo najednou jiné. Divné zvuky
zaplnily noc. Výkřik sovy HÚÚÚÚ!
Kvákání žáby. Nebo to byla kočka, která
se vydávala za žábu? Velká kočka
s liščími zuby. Floppy už nemohl
snést další zvuky a zacpal si uši.

DARKNESS!
The torch had gone out and the tent didn't feel
the same anymore.
Everything sounded different too. Strange noises
filled the night. The screech of an owl WHOOO!
The croak of a frog, or was it a cat pretending
to be a frog. A great big cat, with teeth
like a fox.
Floppy couldn't bear to hear any more,
so he stuffed his ears.

Najednou uviděl tmavý stín a pak další.
Přicházely směrem k němu a byly větší
a větší.
"POMOC," zašeptal Floppy,
"tma si jde pro mě!"

Suddenly he saw a dark shape and
then another. They were coming
towards him, getting bigger and
bigger.
"HELP," whispered Floppy,
"the darkness is coming
to get me!"

Zavrtával se pod přikrývku
hlouběji a hlouběji, ale tma po
něm pořád šla.

He dived under the covers,
deeper and deeper, but
still the darkness was
coming to get him.

"AAAAA!" křičel Floppy, když se vyřítil ze stanu jako divoká příšera.

"AAHHH!" screamed Floppy as he stormed out of the tent looking like a wild wood monster.

"Tma mě chtěla chytit,"
naříkal Floppy.
"Už je to v pořadku," utěšoval
ho tatínek. "Zůstaneme
s tebou ve stanu."

"The darkness tried to get me," sobbed Floppy.
"It's alright now," dad comforted him. "We'll stay
with you in your tent."

"Nemohli jsme spát, tak jsme šli ven," řekla maminka. "A najednou jsme viděli divokou příšeru vybíhat z tvého stanu."
"To víš, že jsme věděli, že to jsi ty," chlubil se tatínek.
"Ale kolena se ti klepaly," připomněla mu maminka.
Floppy se rozesmál. "Vždyť žádná divoká příšera neexistuje. Vrrrr!"

"We couldn't sleep so we came outside," said mum. "And then we saw a wild wood monster running from your tent."
"Of course I knew it was you," boasted dad.
"But your knees were trembling," mum reminded him.
Floppy shrieked with laughter. "There's no such thing as a wild wood monster. Grrrr!"